KB130197

막사발을 읽다

책 만 드 는 집
시인선 169

막사발을 읽다

송가영 시집

책만드는집

정신을 가둘수록 몸피가 점점 줄어든다
올곧은 말 한마디 움켜쥔 세월 앞에
서릿발 일떠선 들녘 향해
포근한 햇살 한 줌 받고 싶다

솔기 터진 생각들이 눈앞에 밀려오면
깁고 꿰고 누비고 감치며 공그르는
마법의 바늘 하나를
손에 꽉 쥐고 싶다

노을빛이 아름답다는 것을
비로소 깨닫는 오늘이다

2021년 6월
송가영

| 차례 |

2부 고드름이 꽂힌 태양

3부   막사발에 피는 은유

4부 　아들의 젖을 물다

1부

초꼬슴, 봄의 뜨락

안부

"엄니 아들 잘 살듯이 엄니도 건강하세요!"

가슴골을 울려오는
전화기 속 앳된 목소리

잎 다 진
고목나무에
봄의 피가 다시 돈다

초꼬슴,* 초꼬슴처럼

청맹과니 눈동자에 가물대는 도심 빌딩
골목 안 새벽바람이 옷깃을 파고든다
박쥐도 둥지를 찾아 귀소하는 그 어름에

어제 하루 찍어놓은 발자국 뵈지 않고
드럼통에 지펴놓은 화톳불만 어지럽다
아득한 불면의 하늘, 별빛도 깨어있다

열자마자 닫혀버린 인력시장 바닥에서
떨이로 팔리지 못해 흐릿해진 눈동자들
구급차 사이렌 소리 여명 동살 수혈한다

구멍 난 삶의 투망 다시 깁는 사내 앞에
제 이름 못 불러도 습관처럼 아침은 오고
첫차가 막 떠난 자리, 봄이 성큼 다가선다

* '어떤 일을 하는 데서 맨 처음'을 이르는 우리말.

봄의 파동

꽃물결 부푼 들녘 만삭의 몸을 풀고
대지의 막힌 혈을 뚫고 있는 냇물 소리

바람에 꼬리를 흔들며
버들강아지 눈을 뜬다

긴 겨울 좋이 건넌 첫 떨림 시작의 날
산언덕 종아리에도 연초록 물이 들고

어릴 적 호드기 소리
봄의 파동 시작된다

봄, 뜨락

이불을 개켜둔 듯 구겨졌던 우듬지가
실눈을 가만 뜨고 기지개를 켜고 있다
겨우내 터진 뱃살도
하나둘씩 아물 때

잠에서 갓 깬 숲이 물관 체관 부풀린다
대지의 주름살 위에 안개를 뿜어가며
연초록 고사리손을
내흔드는 어린 가지

금빛 햇살 다림질로 가슴 부푼 목련꽃을
허공중에 가지런히 셔츠처럼 걸어두면
또 한 살 회춘한 봄이
앞마당에 몸을 푼다

아침을 깁다

밤 도운 들숨날숨 병원 창에 매달린다
형광등 뿌연 불빛 마지막 몸부림인 듯
때 절은 블라인드 위에 제 몸을 뒤척인다

사하라 모래밭을 휘도는 물줄기같이
폐경의 콘센트에 링거를 꽂아보지만
암전된 터널 속에는 풀싹 하나 볼 수 없다

마른 입술 축여가며 다시 앉은 재봉틀
바늘 끝에 맺히는 핏방울이 되우 붉다
손등에 파란 길 하나 도도록이 일어선다

어찔한 크레졸 냄새 동살이 털어내면
햇살의 바늘귀에 꿰어지는 신경세포
찢긴 생 박음질하듯 아침을 또 깁는다

새싹으로 오는 봄

비 온 뒤 하늘빛이 시리도록 눈부시다
다시 뜬 쨍한 햇볕 봄을 다시 노래하고
바람은 할퀴고 찢긴
대지를 다독인다

눈물이 휩쓴 들엔 자갈만 널브러지고
노여움 많은 산엔 가시풀만 자라난다
내 밭엔 저 햇살 같은
웃음이나 뿌려볼까

목청 큰 드잡이에 금줄을 친 동서남북
손사래도 삿대질도 내려놓고 돌아서면
겨우내 얼붙은 가슴
연초록 싹이 튼다

무릇꽃 피다
– 결핵 이긴 폐에게

안다, 알아!
골방에서 삭여내던 묵은 아픔
돗바늘 돋는 가슴 남몰래 그러쥐고
기관지 피리 소리가 목젖을 울리던 밤

고생했다!
단 하루도 쉬지 않던 너의 근면
뜨거운 뙤약볕이나 꽁꽁 언 비탈길도
숨 가빠 달려야 했던 그 가파른 지난날들

다시 서라!
곰팡냄새 가볍게 툭 털어내고
해토머리 겨울 숲도 봄옷을 꺼내 들면
네 안의 결빙을 깨는 무릇꽃을 볼 테니

다시, 청춘

주민증 나이보다 열 살이나 젊었다는

건강검진 결과표를 맨눈으로 읽어갈 때

쿵 쿵 쿵 심장 소리가
유년 길을 내딜린다

고향의 산과 들을 거침없이 휘저었던

그때 그 팔다리는 껍데기만 남았어도

가슴엔 푸른 바람이
회돌이를 치고 있다

3월

꿈속의 멧돼지가 눈에 선한 이른 아침
만삭의 배를 안은 갓 서른의 아내가
삐죽이 움을 틔우는 잔디밭을 거닌다

태아도 달이 차면 궁문 열고 나온다고
캄캄한 터널에도 아지랑이 봄은 온다
등 시린 실직의 한때 답청하듯 다독이며

먼지 낀 창문 위로 퍼져가는 햇살 무늬
파리한 손마디가 펜을 다시 그러쥐고
서너 장 이력서 위에 푸른 숲을 그린다

겨울 손님

몰래 온 손님들이 뜰 가득 늘어섰다
속살을 드러낸 채 어깨를 맞댄 나목
새하얀 눈송이들이
솜이불을 펼친다

남루의 생채기가 말끔하게 채색되고
바람에 튼 살갗도 화장하듯 지워진다
저마다 환한 얼굴로
잠 못 드는 새해 전야

잎들은 땅에 안겨 흙으로 돌아가고
뜨거웠던 푸른 날도 바람에 식혀두고
첫눈이 전하는 평화
온몸으로 받고 있다

제비꽃

있는 듯 없는 듯이 홀로 그리 피었구나
외투 깃 풀지 못한 겨울의 뒤끝에서
희끗한 잔설을 뚫는 보랏빛 꽃대 하나

빠르게 뜨거워지면 식는 것도 빠른 법
시나브로 뭉근하게 약탕기를 데우듯
가끔씩 전하는 온기 언 가슴을 녹인다

행여나 짐이 될까, 손길조차 원치 않고
품 가득 햇살 모아 봄을 불러 앉히는 너
꽃잎 속 무늬로 새긴 향기 더욱 그윽하다

능소화 골목에서

이글대는 땡볕 아래 늘어진 담벼락들

지난봄 연둣빛 미련 부여잡은 넝쿨들이
태양의 혓바닥 같은
입술 쫑긋 내미네

내 가슴 안쪽에는 언제쯤 꽃이 필까

몰락한 어느 왕조 뜰 안을 물들이는
능소화 그 곁에 서서
셀카 한 장 찍고 싶네

들국화처럼

먼 길인 줄 알았는데 어느새 희수喜壽라네
뼛속 깊은 눈물까지 불태우던 지난날들
내 안의 불씨도 이젠
사그라지고 있네

삼 남매 놀던 자리 단풍물이 들어가고
그늘진 툇마루엔 먼지만 쌓여가네
옛 노래 언제 들을까,
가슴골을 치는 바람

해 저문 가을에도 여전히 피는 꽃들
향기를 퍼트리며 벌 나비 부르듯이
황혼에 몸을 맡긴 채
꽃대궁 세우고 싶네

우리들의 신화
– 지선아 사랑해*

7중 추돌 화마에도 되살아난 꽃이 있다

서른 번 이식수술에 쓸 피부 없다지만

세상에 웃음을 주며 당당하게 나선다

타고난 부지런에 흉 진 아픔 견뎌내고

어둠을 조리차해 피우는 환한 미소

향기는 꽃이 아니라 알심이라 일러준다

* 2000년 이화여대 유아교육과 4학년생이던 이지선 씨는 음주 운전
자가 낸 7중 추돌 사고로 얼굴을 포함한 전신 55%에 3도 중화상을
입었다. 7개월간의 입원, 30번이 넘는 수술과 재활치료에도 불구하
고 그녀는 누구보다 삶을 긍정하며 희망의 메시지를 전하고 있다.

전화기로 오는 봄

옷깃을 파고드는 꽃샘잎샘 바람 앞에
허공을 껑충 뛰어 귓전에 울리는 소리
"할머니, 감기 조심하세요!"
목울대가 꿈틀한다

휴대폰 창을 닫고 돌아서는 순간에도
겨자씨 같은 하루 싹 틔우는 볕은 있어
살얼음 끼는 겨울도
그리 춥지 않았다

시린 혹한 딛고 서서 육질 더 좋은 봄날
손과 손 맞비빌수록 언 발에도 피가 돌고
전화기 액정 속에도
꽃이 활짝 피고 있다

행복이라는 꿈

오늘일까, 내일일까
너를 한번 만나려고
네가 있는 모든 곳에 눈길이 맞춰졌다
옛 기억 일일이 짚어 가뭇해진 일몰까지

뵈지 않는 것들까지 다 볼 수는 없을까
마음의 눈을 갖자, 속으로 되뇌지만
갈급한 청맹과니의 하루가 흘러간다

손 닿는 그 가까이 있을 줄은 알면서도
하늘 향한 헛손질만 거듭해 온 지난 나날
그리운 포옹의 몸짓
내 눈빛이 촉촉해진다

성령의 빛

하늘엔 빛이 있고 땅에는 사람이 있다
무지개 걸려있는 자연으로 살다 보면
매혹의 온갖 색들이 온몸을 휘감는다

세상의 빛과 색은 어떻게 만들어질까
활어처럼 파닥이다 물결처럼 번져가는
기적의 창조물들이 뽐을 내는 온 누리

우리 눈에 들어오는 흰빛을 풀어보면
빨강과 초록 파랑 세 가지가 섞여있다
흡수와 반사도 함께 파장 따라 나뉘지고

색과 빛 경계에서 영롱하게 빛나는 오라Aura*
한곳에서 나고서도 같음을 몰랐다니
여호와 성령의 손길 거룩하고 거룩하다

* 인체나 물체가 주위에 발산한다고 하는 신령스러운 기운.

2부

고드름이 꽂힌 태양

적막의 둥지

언제나 밤이 되면 소리 없이 찾아와서
내 품을 파고들며 다소곳이 안긴다

쓸쓸히 깃드는 고요
어둠이 아롱진다

돌아봐도 뵈지 않는 지나온 낮의 길들
잠 못 든 침대 위를 밤새껏 유영하는

빈 가슴 한 모퉁이가
이슬에 젖고 있다

시간여행

이삿짐 풀어놓다 들춰본 옛 사진첩엔
초가집 굴뚝에 핀 흰 구름도 보이구요
마당가 먹감나무엔 까치밥도 달렸구요

고무래로 괴어두던 귀 닳은 보리 멍석
부시깽이 맞은 백구 아버지께 쫓겨날 때
대청 위 베틀에 앉아 바디 짜던 어머니

돌아보면 눈에 선한 빛바랜 풍경들이
가려야 갈 수 없는 책갈피에 잦아들어
잠 못 든 이삿날 밤에 베갯잇을 적셔요

고드름이 꽂힌다

달에 목멘 그림자가 마침표 찍고 있네
성엣장만 떠다니는 핏기 없는 강물 위에
수정 빛 겨울 나이테
교각에 매달릴 때

티 없이 펼쳐져 있는 하늘을 배경 삼아
차례차례 돌아드는 창백한 바람 앞에
숨죽인 여울 물소리
귓바퀴에 감겨 우네

햇빛의 알갱이가 웅크린 잿빛 도시
아직 다 털지 못한 빙점의 시간들이
빳빳이 곱은 가슴에
고드름을 꽂는다

차창 밖을 바라보며

생각의 에움길을 달려가는 고속버스
멀리 뵈는 잿빛 산도 우수에 젖어있다
안개비
촉촉이 젖는 바람 한 점 없는 날

한 뿌리의 형제처럼
살을 섞은 부부처럼
나란히 어깨동무한 삼월의 나목 무리
가진 것
훌훌 털고서 맨살 서로 맞비빈다

동안거에 들어있는 소처럼 순한 들녘
무서리 찬 바람도 천형인 양 품어 안은
이른 봄
생명의 숨소리 차창에 메아리친다

바이러스 시대 1

귀신 속 알지 못해 대 흔드는 무당처럼
눈부신 환한 빛에 눈이 머는 깜깜 세상
인터넷 바다의 깊이 헛손질로 재고 있다

시나브로 달아오른 만 갈래 길 위에서
무성번식 싹을 틔운 숱한 말의 바이러스
심장을 쿵쿵 울린다, 힘줄 툭 불거진다

손가락에 기를 모아 두드린 사이버 문
스물넷 자모들이 홀씨처럼 날고 있는
윈도우 창과 창 사이 열대야가 익어간다

바이러스 시대 2

구름도 글을 쓰나, 일렁이는 잉크빛 하늘
흐린 빛만 다문다문 흩뿌리는 별을 따라
무수한 말의 화살이
귓전에 와 꽂힌다

수백 톤의 어둠이 골목길에 똬리 틀 때
수천수만 눈을 피해 숨어든 그림자가
컴퓨터 모니터 속에
고치집을 짓는다

자판을 두드릴수록 가슴은 더 허허롭다
문장이 되지 못한 자모들을 입력하면
댓글이 댓글을 달고
사이버를 질주한다

서울에서 황하를 만나다

한 사람이 열 사람을 속일 수는 있어도
만 사람은 못 속인단 오래된 잠언 앞에
빌딩 숲 골목골목을 탁류가 내처 흐른다

하루에도 몇 번이고 속이고 속는 세상
황하의 물빛 같은 서울이란 난장에서
꽃들도 벌 나비 향해 얼굴에 분칠하고

백년하청 기다리다 목 길어진 청학처럼
때로는 날개 접고 솔숲에 들어야 하리
눈치꾼 스마트폰이 또 메시지를 전한다

황혼의 저녁

돌아본 길 위에는 상처 자국 선명하다
가로수 밑동에 남은 흙탕물 앙금부터
그 여름 바람에 꺾인 우람한 가지까지

사랑만이 사랑인 줄 알았던 젊은 날도
신혼집 골목처럼 아스라이 멀어지고
홀로 된 길 위에 서서 사진첩을 펼친다

주저앉아 울부짖던 그 밤*의 아우성도
어깨 위 먼지처럼 훌훌 털고 돌아서서
다시금 생의 수틀에 청솔 하나 감친다

* 1979년 6월의 밤.

코로나바이러스

산책길의 강아지도
코와 입을 가리고 있다

두리번대는 눈빛들이
팽팽하게 날을 세우고

도시는 빗장을 건 채
통성기도 하고 있다

해에게

하늘 문 활짝 여는
수평선 저 너머에서

물마루 박차고 오른
시뻘건 불덩이 하나

온 세상
뜨거운 손길로
역병 태워주소서

어떤 개업식
-투쟁일기 1

준공 끝난 상가 빌딩
현수막이 요란하다
머리띠 어깨띠가 미당기는 드잡이에
먼지 낀 진열장 위로 태양 빛이 기운다

얼마나 더 싸워야 할까,
기다림에 목쉰 나날
잡풀도 바람 앞에 어깨 걸고 서있는데
마주한 이웃과 이웃 서로 낯만 붉히고

내 집 문 여닫는 일
내 마음 밖이라는
추렴하듯 쏟는 말들 무릎 관절 쑤석일 때
도시는 셔터를 내리듯 긴 어둠에 잠긴다

나가라, 부뚜막 고양이
─투쟁일기 2

십오 년 어둠 걷고 마침내 열리던 문
태양이 다시 뜨듯 상가 불이 켜지는데
한 마리 도둑고양이가 제집인 양 들앉았다

손과 손 그러잡고 이마 띠도 질끈 매고
목 터지게 부르짖는 서너 해 핏빛 절규
땅, 땅, 땅 망치 소리가 재판정에 메아리친다

스리슬쩍 삼키려던 점포는 다 찾았건만
그 주인 가슴에 박은 대못은 아직 남아
오늘도 고양이 앞에 종주먹을 들이댄다

백령도 젖니자리

1.

해신의 후예였구나, 수병이 된 외아들
스물둘 비망록은 안개 속에 가라앉고
물기둥 폭음과 함께 바다 품에 안겼네

2.

옷가지 마무르다 본 장롱 속 유품 하나
배내옷에 곱게 싸인 젖니를 꺼내본다
돌배기 젖 물리던 기억 가슴에 와 박히네

3.

바람 소리 파도마저 잦아든 그 해역엔
그믐 같은 어둠이 이태 넘게 내리는데
젖니 넷 하늘에 올라 십자성 별로 뜨네

가을 담쟁이

죄업의 속살인가, 얽히고설킨 세상
그 속에 들어서면 길도 함께 엉켜있고
아직도 넘어야 할 벽은
하늘처럼 아득하다

겨울의 문턱에서 어둔 생각 털어내면
핏줄에도 불이 붙듯 잎 다시 뜨거워진다
덩굴손 시퍼런 그때
돌아보는 저문 오후

몰래 피운 꽃송이도 바람에 날려버리고
쭉정이 야윈 열매 온몸으로 품어 안은
다공증 거친 줄기가
놀빛으로 물든다

일기를 쓰며

사르륵, 사르륵 백지 위에 새기는 하루
쓰다가는 지우고, 틀리면 또 고쳐 쓰듯
흘러간 내 지난날도
다시 쓸 수 있을까

칼날이 와 닿아도 꿈쩍 않는 연필처럼
어떤 글도 순식간에 지우는 지우개처럼
꼿꼿한 바른 문장으로
되살릴 순 없을까

삐뚤고 빼뚤해도 하릴없는 내 것이라
지금껏 그래왔듯 그러안고 가야 할 날들
오늘도 요령껏 쓴다
'나'라는 서사시를

까치밥에 걸린 저녁

시간의 길섶에서 덧두리에 넋을 잃고
오래 걸어 부르트고 짓무른 발을 본다
찢겨진
생의 솔기를 감침질로 여미며

바늘만 한 구멍에도 황소바람 들이치듯
햇빛이 밝을수록 그늘 또한 깊다던가
해그늘
서산마루가 노을빛에 젖는다

시계추 똑딱 소리에 귀를 연 먹감나무
허기 든 개밥바라기 우듬지에 걸릴 때
어머니,
저녁 하늘에 알전구를 켜신다

3부

막사발에 피는 은유

복사꽃

봄만 되면 바람 타는
도화살 난
저, 저 여인

눈보라 치던 겨울
하마 벌써 잊었는지

날마다
해와 달, 별을
온몸으로 받고 있다

뿔테 안경

가까운 지인에게 안경을 선물 받았다
고추뿔 황소처럼 뚝심 좋은 그 사내가
세상을 바로 보라고 나에게 준 돋보기

나이가 들어갈수록 시력도 떨어지고
이 길 저 길 갈림길에선 눈앞이 흐려진다
돋보기 저 안경 쓰면 내일까지 밝아질까

돋보기도 졸보기도 함께 필요한 세상
다초점 누진렌즈로 안경알을 바꾸고 보니
비로소 헛딛던 걸음 흔들리지 않는다

시속 100km의 봄

봄에는 산과 들도 악셀 페달 밟나 보다

바람과 경주하듯 내달리는 차창 너머

빵 빵 빵
경음기 소리에
폭죽처럼 터진 꽃들

막사발을 읽다

너만 한 너른 품새 세상천지 또 있을까
먼 대륙 날고 날아 난바다도 건너갈 때
태산도 품 안에 드는 은유를 되새긴다

털리고 짓밟히고 쓸리기도 했을 게다
이 세상 누구에게도 친구가 되지 못해
바람에 말갛게 씻긴 꽁무니가 하얗다

바람에 몸을 맡긴 가벼운 너의 행보
새처럼 구름처럼 허공을 떠돌다가
양지 뜸 아늑한 땅에 부르튼 생을 넌다

그리하여 정화수에 묵은 앙금 갈앉히고
눈빛 맑은 옛 도공의 손길을 되짚으면
가슴에 불꽃을 묻은 큰 그릇이 되느니

버찌의 도시

소리마저 빛을 좇는 광속의 거리마다
으깨진 버찌들이 는지렁이로 흥건하다
밟고도 밟은 줄 몰라
종종대는 걸음걸음

물잔 속 용트림에 해는 곧 뉘엿해지고
쥘수록 감질 나는 짙은 물빛 지폐 몇 장
뒤집힌 손바닥 위로
붉은 줄이 그어진다

덧셈 뺄셈 같다가도 나눗셈이 되는 도시
뺏기 위해 쫓고 쫓는 쳇바퀴의 정글에서
먹어도,
먹어도 허기진
노을이 지고 있다

돈의 행방

찍을수록 모자란다는 5만 원권 뉴스를 보다
갈수록 얇아지는 내 지갑을 생각한다

날개도 발도 없는 돈,
다 어디로 숨었을까

세종대왕 신사임당은 박제된 채 말이 없고
예금보다 대출환영 크게 붙은 은행 창구엔

빚으로 빚을 사려는
손님들이 줄을 선다

상사화

뒤뜰만 북적대는
월북한 시인의 집

지난 세월 되새기듯
그의 시비詩碑 끌어안고

홀로 된
아낙네 몇이
술추렴을 하고 있네

아침 동행

몸보다 마음 먼저 휘달려 온 저문 나날
앞만 보고 굴러가는 고속열차 바퀴처럼
저절로 달뜬 노을이 별빛 아래 잦아든다

소금기 젖은 웃음 베갯잇에 배인 밤은
어둠의 층계참을 된바람이 들이치고
달빛도 창틀에 걸려 부서지는 빛 싸라기

혼자서는 설 수 없는 이 지상의 숨탄것들
초록의 등뼈 위로 동살 훤히 내비칠 때
한 무리 기러기 떼가 해 속으로 날아간다

야간 산행

주먹밥 한 덩이를 경전인 양 받아 들고
허기진 생을 위해 법문을 외우는 밤
봉정암 불뇌보탑佛腦寶塔에 뭇별이 쏟아진다

동냥 불 밝혀 들고 대청봉을 향할수록
어깨를 짓누르는 무거운 배낭 하나
비워야 가볍다는 말 뼛속에 새겨진다

내리막이 오르막보다 산에선 더 힘들다고
돌계단 덮고 있는 싸락눈이 일러줄 때
서둘러 중심을 잡는 발바닥이 뜨겁다

지난날 허장성세 바람결에 훌훌 털며
차례차례 옷을 벗는 나무들을 뒤로한 채
되돌아 내려오는 길, 설악이 다 환하다

반짇고리 은유

1. 골무

하늘 아래 죄 없는 자
창칼로 날 찌르시오
당신은 단 하루라도 뉘 방패 된 적 있었나요
두 다리 쭉 뻗는 이 밤도 내 덕인 줄 아세요

2. 바늘

그래요, 내 찌르리다
그 아집의 정수리를
시대의 홰뿔처럼 작아도 날 선 큰 뜻
남과 북 뜯긴 솔기도 한 땀 한 땀 기우리다

3. 실

아서요, 그만둬요
입만 산 눈먼 이여
나 없이도 잇고 감고 홀칠 수 있는가요?

실없는 감언이설에 틈만 커진 이 땅에서

4. 자
모이면 고함질에
붙었다면 삿대질인가요?
누가 옳고 그른지는 견줘보면 알게 될 일
입 발린 소리는 그만!
자, 어서 대보자고요

칡꽃 아가씨

자갈 무지 뾰족 솟은 햇빛 부신 마른 골짝
풀 향긴 듯 꽃 내음인 듯 분내가 물씬하다
자줏빛
둥근 꽃술이 까치발 든 숲속에서

홍조 띤 민낯으로 수줍게 날리는 미소
바람에 벙근 치마 속살 언뜻 내비치면
살그래
뒤돌아서서 그려보는 나의 한때

온 세상 휘잡을 듯 뻗쳐오른 여름 위를
하늘 향해 고개 들고 힘주어 딛는 걸음
넓은 잎
그 품에 한번
안겨보고 싶다, 오늘

다비茶毘의 계절

단풍나무 잎새마다 잉걸불이 타고 있다
대지를 달구었던 지난여름 잔불마냥
삽시에 온 산과 들을
휩싸 도는 불티들

구름도 타래치는 손돌바람 그 끝에서
육탈肉脫의 시간들이 화르르 타는 골짝
끝끝내 열매 맺지 못한
내 젊음을 사른다

저 불길 멎고 나면 초록 꿈 메숲질까
억새꽃이 첫눈처럼 흩날리는 너덜겅에
하얗게 뼈를 태우며
열반하는 이 가을!

꽃낙지

동작은 흐느적거려도 힘 하나는 허벌나제
볕 좋은 가을 한낮 투우장의 싸움소들
충혈된 눈을 까뒤집고
콧김 씩씩 뿜는 것 봐

지칠 때 이놈 이거 한 마리만 던져주면
부룩소도 칡소 돼서 펄펄 뛰고 나는 거여
내 말이 거짓말인갑소?
먹여보면 알 거 아녀

뼈 없는 거시기도 때 되면 빨딱 서듯
술 취한 늙은 작부 감아드는 다리랑께
꽃보다 더 꽃 같은 것
그래서 꽃낙지여

저녁의 기도

오늘도 당신 앞에 다소곳이 섰습니다

힘겨운 저녁 해가 서산 너머 몸을 풀 듯

당신의 미소 아래서 부은 손발 녹입니다

아침에 눈을 뜨면 햇살처럼 반가운 분

잠자리에 들어서도 제 몸을 데우시며

비바람 거센 바다를 함께 건너 주십니다

별빛 한 점 들지 않는 불 꺼진 골방에도

당신 앞에 엎드리면 어둔 눈이 뜨이는 밤

뜨거운 묵언기도에 몸도 흠뻑 젖습니다

태양을 향해

나 홀로 길을 갈 땐 거침없이 나아가자
누군들 목표 없는 발걸음이 또 있을까
무소의 곧은 뿔처럼 앞만 보고 그렇게

발바닥 굳은 속살 티눈으로 붙박여도
지상의 방 한 칸을 하늘인 양 펼쳐놓고
빨갛게 이글거리는 그 속도 슬쩍 엿보며

머리가 흔들릴수록 꿈틀대는 숱한 생각
날마다 쌓여가는 대장大腸을 비워내듯
끙! 하고 힘을 모으면 놀빛 더 붉을 테니

별사別辭

동아리 모임 끝에 흥겨운 뒤풀이 자리
"우리 다시 만날 때까지 건강들 하십시다"
비문非文의 한마디 속에
술잔들이 부딪친다

언젠간 헤어져야 할 타고난 운명 앞에
"우리 다시 만날 때까지 건강들 하십시다"
덩달아 나도 똑같이
비문祕文 외듯 외친다

처음 만난 그때처럼 마지막도 우아하게
"우리 다시 만날 때까지 건강들 하십시다"
웃음 띤 문장 하나가
비문碑文처럼 새겨진다

4부

아들의 젖을 물다

사부곡

큰물도
바위 앞에선
물방울로 부서지듯

당신도 몸을 던져 일곱 남매 키우셨나요?

그래서
한없이 낮은
그곳에 가 계신가요?

노블레스 오블리주

드넓은 만경 들녘 굽어보는 네 칸 겹집
내 집 문전 나그네 흔연히 대접하라던
나직한 아버지 말씀
"적선지가 필유여경積善之家 必有餘慶"

쉼 없이 바장이며 하루 세끼 이어가듯
인정의 밭을 갈다 먼 하늘 우러르면
다시금 귓전을 돌아
가슴골을 울리네

아이 셋 힘껏 낳아 다독이며 키웠지만
부모님께 받은 것들 나도 물려주었을까
놀빛에 붉어진 얼굴
그늘 쪽에 숙이네

단풍여래 어머니

누군가 붉덩물을 산마루에 쏟고 있다
초록의 어깻죽지로 번져가는 붉은 물결
불거진
잎맥을 따라
내 유년이 일어선다

수틀에 피어나는 가을 꽃물 홧홧하고
여름의 추억들이 활활 타는 눈 앞에서
오방색
어머니 손길
산 가르마 타고 있다

무지갯빛 풍경 우려 색을 캐던 단풍여래
손톱 밑 하얀 달도 봉숭아 꽃잎에 띄워
옻칠한
액자에 앉아
미소 짓는 저 부처

억새꽃 필 무렵

억새꽃 만발하면 어머니가 살아난다

아직 다 피지 못한 꽃봉오리 같던 시절 차디찬 뒤
곁 머리방*에서 억새꽃 한 다발을 옹기에 꽂아놓고
호롱불 밑에 앉아 오색실로 사군자를 수놓았다. 산에
서 강가에서 들녘에서 거센 바람에도 꺾이지 않고
여린 듯 끈질기게 버텨내는 억새를 보며 밤을 꼬박
새워 십자수를 놓았다. 외유내강은 억새라던 어머니
말씀 앞에 돌아설 듯 다시 뒤돌아보는 애절한 그 몸
짓은 구름밭에서도 나를 염려하고 염려하는 어머니
의 간절한 기도인가. 희수稀壽를 넘긴 지금도 항아리
에 꽂아두는 억센 그 꽃

백발의 내 어머니가 억새꽃으로 피어있다

* 안방에 딸린 작은 방.

74

좀도리 밥상

무상급식 아이들이 헤드라인 타는 저녁
홍동백서 주과포혜 차려놓은 제상 앞에
사진 속 아버지 말씀 귓전에 울려온다

드넓은 만경평야 금빛 물결 일어나면
올 굵은 목소리로 꾸짖듯 타이르듯
콩 한 쪽 보리쌀 한 톨도 좀도리로 나누라던

돌아보면 멀기만 한 세상의 뒤꼍에서
내가 사는 이 하루도 밥 한 술 무게일 뿐
허기진 도시의 텃밭 오늘 다시 밟는다

개수대 물소리가 은하수를 밝히는 밤
그 옛날 까치밥을 등불처럼 내다 걸 때
옹이 밴 낯익은 손이 조리질을 하고 있다

아까시나무

1.
진초록 스란치마 산과 들에 펼친 오월
언덕배기 뿌리박은 밑동 늙은 아까시도
흰 꽃잎 줄줄이 달고 향기를 뿜어낸다

꽃에 취해 향에 늘떠 벌 나비 모여늘 때
비바람 땡볕마저 막아주던 짙은 그늘
행여나 뉘 찔릴까 봐 가시까지 가려주던

2.
주인 떠난 까치집만 덩그런 가지 위엔
이따금 바람이 와서 삭정이를 꺾고 있다
한 시절 푸르던 잎들 뵈지 않는 고사목

3.
다시 온 봄 앞에서 그 꽃잎 수놓는다

어머니 한 몸이던 바늘 한 쌈 몰래 꺼내
가슴속 옹이로 박힌 그 가시 쏙 뽑으며

접시꽃

1.
끝동 치마 슬몃 걷어
내비치는 부신 속살

누구를 기다리나
먼 하늘 우러르며

남몰래
궁문을 여는
갓 스무 살 저 소녀

2.
올망졸망 돌담 너머
접시 몇 개 널어놓고

바깥세상 궁금한 듯

수줍게 올린 꽃대

지금은
볼 수가 없는
키껑다리 내 언니야

지워지는 저녁

오늘도 습관처럼 쌀을 찾는 팔순 노모
거미줄 휘늘어진 발코니를 서성이다
놀 비낀 하늘이 싫은지 창 커튼을 내린다

한 치 앞도 분간 못 할 안개가 끼었다가
지우개로 지워낸 듯 백지 같은 머릿속에
아직도 끼니 걱정은 누룽지처럼 붙어있다

힘겨운 드난살이 이고 지던 이삿짐도
황혼의 갈림길에 부려놓고 들어온 집
요양원 철제 침대가 관절 앓는 소릴 낸다

홍매화

스스로 봄을 불러
꽃이 되는 여자야

비탈에 서있어도
잎을 피우는 여자야

이슬에 흠뻑 젖어도
열매 맺는 여자야

세상 어떤 풀꽃들이 네 앞에 마주 서랴

화장하지 않아도 빛이 나는 태양의 얼굴

미쁘고 거룩하구나
봄의 요정
내 딸아

바늘심서 心書
－화타, 윤정에게

아들아,
네 바늘을 함부로 쓰진 마라
그것은 편견에 찢긴 마음을 감쳐 매고
고통과 아픔에 막힌 가슴 혈을 뚫는 것

침동 鍼筒을 열기 전엔 가만히 눈을 감고
심장의 고동 소리가 네 몸속 핏줄 따라
손끝에 전해져 오는 경건함에 귀를 대라

몸져누운 신경들이 하나둘 일어설 때
들어보렴,
흰 가운을 부여잡는 저 숨소리를
겨울을 딛고 일어선 봄꽃들의 환호성을

새벽 별밭 우러르며 한 땀 한 땀 세상을 톺은
어미의 피맺힌 손이 꽃으로 받들었던

오롯한 그 바늘임을 잊지 마라,

내 화타야

아들의 젖을 물다

깨물어 아프지 않은 손가락 있다던가
그래도 개중에는 더 아픈 하나가 있어
다시는 가질 수 없는 막내가 그러했다

옛 품 안 그 아들도 제 아들 품고 보니
촉촉하게 젖어드는 어미 마음 알겠는지
안갚음 말 없는 안부 눈빛으로 전한다

덥혀진 체온 따라 잘린 탯줄 이어지고
담석 수술 보약인 양 건네주는 젖산 우유
아들의 젖을 무는 듯 내 목젖이 뜨겁다

겨울 오뚝이
−현에게

넘어지면 일어나는 게 세상사 아니더냐
누구나 겪는 일이 새삼스럽진 않다 해도
너만은 넘어지지 않길 바라고 또 바랐느니

그런 맘 알았더냐, 철심을 몸에 박고
빌딩과 아파트가 하늘 높이 치솟듯이
두 다리 버티고 서서 웃고 있는 아들아

네 삶의 설계도엔 무엇을 그렸는지
가끔은, 아주 가끔은 묻고도 싶다마는
지금껏 네가 걸어온 그 길이 답이겠다

철부지 나이배기 막내로만 알았는데
이제는 이 어미를 외려 업을 줄이야
성에 낀 겨울바람이 외려 따뜻하구나

태권브이의 후예

－손주 겸에게

완산주의 아이들이
솔빛공방 친구들이

태권브이 뒤를 이을
과학 신화 쓰고 있네

사람과
로봇이 함께
울고 웃을 그날을

생각하고 움직이는
인공지능 로봇 세상

어느새 우리 앞에
다가선 그 미래를

귀염이

내 손주 겸아

네 손으로 이루거라

큰 걸음, 작은 한 발
  - 공로상 받는 겸에게

아궁이 속 불덩이만
뜨거운 게 아니라고

홀로 크며 겪은 아픔 대물림 않던 애비

콩 심어 콩을 거두듯
굵은 열매 맺었네

그 애비에 그 자식인가,
보는 눈이 시큰하다

로봇 탐구 솔빛공방 한가운데 우뚝 섰던

그 경험 밑거름 삼아
더 큰 세상 펼치거라

부채를 펴다

위층 가게 주인 남자가 부채를 선물했다
차림새도 말본새도 귀공자를 닮았는데
그이가 내게 준 부채, 손길까지 귀품이다

봄 익는 산과 들에 피어나는 꽃송이들
바람 잔 가지 끝에 앉아 쉬는 새도 한 쌍
화조도 수묵담채화 문득 말을 건넨다

마음과 마음이 피어나는 인정의 꽃밭
옛사람 풍류처럼 손바람을 일으키고
일찍 온 여름 하늘이 시원하게 열린다

네 부리 전언傳言

생때같은 손주들아
할미 말 좀 들어보렴

　태초부터 사람 몸엔 툭 튀어나온 부리가 있는데, 각별히 사내장부는 네 부리를 조심해라. 지키지 못할 말은 함부로 내뱉지 않는 입부리 조심이 그 첫째요, 앞뒤 좌우 분간 못 하고 손가락 잘못 놀려 빚보증을 서거나 각서를 남발하면 평생을 헤어나지 못할 테니 손부리 조심이 그 둘째요, 몸 가운데 자리 잡은 아랫도리 거시기인 몸가락을 함부로 놀리면 신세 망치기 십상이니 몸부리 조심이 그 셋째요, 함부로 발길질하다 남에게 해라도 입히면 큰 화를 면치 못할 테니 발부리 조심이 그 넷째란다. 남을 먼저 건드리지 말아야 하고, 누군가 시비를 걸어오면 피하는 건 당연지사

음식은 바른 것만 먹어라
부탁이자 소원이란다

| 해설 |

내면의 상처와 치유의 자기서사

임채성 시인

　인간은 본질적으로 사회적 동물이다. 인간이 한 사회의 구성원으로 살아간다는 것은 수많은 사람들과 관계를 맺는 것을 의미한다. 관계를 맺는다는 것은 아이러니하게도 의도치 않게 서로에게 상처를 입히는 일이기도 하다. 상처는 개인이 다른 존재나 이질적인 세계와 마주할 때 일어나는 정서적 불일치의 결과다. 사람에 따라서는 유난히 상처를 잘 받는 사람이 있고, 같은 상황에서도 덜 받는 사람이 있다. 생각이 담대하고 속악한 현실 원리에 빠르게 적응하는 사람은 상처를 잘 받지 않는다. 그에 비해 마음이 여리고 감성이 풍부한 사람은 대개 상처를 잘 받는 편이다. 마음이 여린 사람은 자신을 향해 날아드는 외부의 비난이나 폭력에 대해 적극적으로 대응하지 못해 상처를 받는다.

따라서 인간이라면 누구나 크고 작은 상처를 자신의 몸속에 나이테처럼 새기고 있다. 상처는 나무 밑동에 새겨놓은 칼금과 같아서, 그 사람의 내면이 여리면 여릴수록 더 큰 흉터 자국을 남기기 마련이다. 그 흉터는 속악한 현실과 끝없이 불화하고 그것에 저항하면서도, 그 해결책을 모색하는 사람의 표식이다. 자신의 상처에서 미래로 가는 길을 찾고, 그 길 위에서 세상 너머를 꿈꾸는 사람이 시인이다. 그러므로 시는 시인의 상처에 피는 꽃이다. 시인의 내면에 응어리져 있는 상처를 드러냄으로써 새로운 경험과 자기성찰의 기회를 갖게 하는 것이다. "상처 없는 영혼이 어디 있으랴"라고 노래한 랭보 이후의 시인들은 사회와 그 구성원으로부터 받은 상처를 치유하면서 새로운 가치를 창조하려고 한다.

그러나 내면에 깊은 상처를 가지고 있다 해서 모두가 시인이 될 수는 없다. 시인이 되려면 상처를 자양분으로 삼기 위한 성찰적 사유와 그 상처에서 꽃을 피우기 위한 주술적 언어를 가지고 있어야 한다. 사유를 통해 상처의 원인과 과정을 되돌아보며, 정제된 언어를 통해 치유의

꽃을 피울 수 있어야 하기 때문이다. 이처럼 사람과 세상에게서 받은 상처를 보듬고 승화시킴으로써 새로운 미래로 나아가는 매개체로 삼는 시인이 송가영 시인이다. 그의 상처는 서구적 개인주의와 공동체적 전통 가치관이 충돌하면서 생긴 것들이다. 그는 가슴 깊이 새겨진 마음의 상처를 어루만져 치유해 주고 정서적인 결핍을 메워, 36.5℃의 피가 도는 인간으로서의 정서적 충만감을 채워줄 안식처로서 시조를 선택하고 있는 것이다.

　송가영 시인의 첫 시조집 『막사발을 읽다』는 상처와 결핍에서 역으로 발견한 삶의 희망을 노래한다. 송가영 시인이 창조하는 시편들은 살아가면서 타인과의 충돌로 단절된, 스스로 닫아버린 마음의 빗장을 풀고 소통을 재개하기 위한 매개체로 작용한다. 상처받은 영혼, 아픔과 슬픔의 흔적을 따라가는 여정을 통해 자아에 대한 성찰과 희망의 가치를 모색하고 있다. 따라서 이 시집은 산수자연과 따뜻한 인정, 안온한 행복감을 노래한 낭만적인 서정시집이 아니라 한 인간의 삶이 녹아있는 고뇌의 일기장이자 굴곡진 삶의 이력서이며, 관조자의 위치에서 돌아보는 자전적 회고록이라 할 수 있다. 고희를 훌쩍 넘긴 시인이 일흔 해 넘게 외롭게 싸워온 삶의 흔적, 그 속에서 캐낸 시적 깨달음이 꽃을 피우고 있는 것이다.

그의 시조는 대부분 뼈아픈 체험에서 왔다. 그 때문인지 겉멋을 부리기 위해 언어를 비틀거나 억지를 부리지 않는다. 빼어난 수사에 집착하기보다는 진솔한 고백을 먼저 하려 한다. 외롭고 고달픈 삶의 여러 현장에서도 행복을 꿈꾸었던 과거를 건너오는 동안 추억으로만 남은 부모님과 고향, 그리고 유랑의 체험들……. 일상에서 찢기고 다친 마음을 '막사발' 같은 언어로 어루만지고 있는 것이 이 시조집이다. 더러 부조리한 현실에 대해 날 선 비판을 가하기도 하지만 대체적으로는 객관적 상관물과 환유를 지배적인 시적 기법으로 구사하며 시인의 에스프리를 표현하고 있다. 그런 면에서 송가영 시인이 시집 속에서 한결같이 묘사하고 추구하는 봄의 서사는 삶의 현실에서 입은 상처의 기억을 찾아내고 치유하려는 시인의 희망이자 미래의 자화상이라 할 수 있다.

1. 상처, 그 내밀한 나이테

인간은 때때로 자신의 의지와는 상관없이 갑자기 어떤 상황 속으로 끌려들어 간다. 실존주의 철학자들이 흔히 사용하는 '내던져진다'는 표현은 이럴 때 쓰는 말이다. 예

기치 않은, 의도하지 않은 갑작스러운 상황의 변화는 자아를 당황스럽게 만든다. 그 순간을 재빨리 벗어날 수 있다면 짧은 해프닝으로 끝나겠지만 갑작스러운 상황 변화에 대처하기 어렵다면 상처가 될 수밖에 없다. 그때 받은 심리적 충격은 오래도록 트라우마로 남을 것이다. 몸에 난 상처는 시간이 지나면 아물지만, 마음의 상처는 쉽게 사그라지지 않는 법이다.

송가영 시인의 『막사발을 읽다』에는 지나온 삶에서 얻은 여러 상처의 결이 도도록한 무늬로 돋을새김되어 있다. 그의 시조는 무의식 속에서 해소되지 못한 트라우마를 치유하기 위한 내면의 정서적 보고서이자 심리적 고뇌의 산물이다. 시인이 시를 창작하는 것은 현실에서 미해결된 자아와 세계 간의 거리를 좁히는 계기를 마련한다. 장애를 일으키는 현실의 문제를 시조라는 매개물을 통해 정신적으로 해독하는 것이다. 즉, 무의식 속에 내재되어 있는 본능적인 소망과 갈등 요인을 시조라는 창작물을 통해 고백하고 토로함으로써 자아의 내적 갈등을 해소하고 상처를 치유하려는 것이다. '나'라는 자아의 존재 이유를 찾고 싶은 욕망과 그 너머 존재하는 타자와 그 주변부에 대한 애증을 추적하는 일, 그것이 송가영 시학의 근간을 이루는 기본 바탕이라 할 수 있다.

달에 목멘 그림자가 마침표 찍고 있네
성엣장만 떠다니는 핏기 없는 강물 위에
수정 빛 겨울 나이테
교각에 매달릴 때

티 없이 펼쳐져 있는 하늘을 배경 삼아
차례차례 돌아드는 창백한 바람 앞에
숨죽인 여울 물소리
귓바퀴에 감겨 우네

햇빛의 알갱이가 웅크린 잿빛 도시
아직 다 털지 못한 빙점의 시간들이
빳빳이 곱은 가슴에
고드름을 꽂는다
　　－「고드름이 꽂힌다」 전문

　시인이 실재하는 현실 속의 자아는 찬 바람 씽씽 부는
한겨울에 서 있다. 그곳은 "달에 목멘 그림자가 마침표 찍
고 있"는 곳이다. 더는 나아갈 수도, 물러설 수도 없는 극
한의 지점으로서 "성엣장만 떠다니는 핏기 없는 강물"이

나 "수정 빛 겨울 나이테"와 더불어 겨울의 한기를 뼛속까지 느끼게 하는 배경이다. 그런 가운데 "티 없이 펼쳐져 있는 하늘"은 그 처연한 절망감을 더욱 극적으로 부각하는 이미지로 작용한다. 이러한 이미지의 대비는 그 비극성을 극대화하는 고통스러운 현실에 대한 역설적 표현이다. 자신의 고통과는 상관없는 심리적 경계 너머의 상반된 세상을 마주할 때, 그곳의 자아는 고립감과 소외감을 더 크게 느낄 수밖에 없다. 극한의 겨울 앞에 '내던져진' 시적 자아가 할 수 있는 마지막 몸부림은 이제 울음뿐이겠다. "귓바퀴에 감겨 우"는 "숨죽인 여울 물소리"는 자아의 분신이리라. 온몸이 얼어붙고 저절로 몸이 움츠러드는 겨울은 그래서 자아가 느끼는 심리적 공황 상태에 대한 환유이다. "아직 다 털지 못한 빙점의 시간" 속에서 냉기로 얼어붙은 가슴에 "고드름"이 꽂히는 절망적인 상황을 극한의 언어들로 매조지고 있다. 원치 않는 현실로 인해 우울감이 극에 달한 내면의 상태를 '고드름이 꽂히는' 것으로 표현해 놓은 것이다.

돌아본 길 위에는 상처 자국 선명하다
가로수 밑동에 남은 흙탕물 앙금부터
그 여름 바람에 꺾인 우람한 가지까지

사랑만이 사랑인 줄 알았던 젊은 날도
신혼집 골목처럼 아스라이 멀어지고
홀로 된 길 위에 서서 사진첩을 펼친다

주저앉아 울부짖던 그 밤의 아우성도
어깨 위 먼지처럼 훌훌 털고 돌아서서
다시금 생의 수틀에 청솔 하나 감친다
   -「황혼의 저녁」전문

  개별적인 정서나 감정은 시인의 내적 체험과 창조적 상
상력 사이에서 중재 역할을 하기도 한다.「고드름이 꽂힌
다」에서 극대화된 시인의 우울감은「황혼의 저녁」에서
그 원인이 조금 더 구체적으로 암시되고 있다.「황혼의 저
녁」에서 시적 자아는 과거를 돌아보는 현실의 한 지점에
와있다. 그 현실은 "생의 수틀에 청솔"을 '감침질'하는 곳
이다. 거기서 바라보는 과거는 "상처 자국 선명"한 삶의 행
로, 즉 "길"이다. 그 길 위의 "가로수 밑동"에는 "흙탕물 앙
금"이 남아있고, "가지"는 "바람에 꺾"여있다. 한바탕 폭
풍우가 몰아쳤음을 의미한다. 그 폭풍우는 "사랑만이 사
랑인 줄 알았던" "신혼집"을 "멀어지"게 함으로써 "홀로"

길 위에 남게 만든 고통의 원흉이다. 헐거워진 사랑의 아귀가 빠져버린 절망감에 "울부짖"기도 했으나 시간이 흐른 지금은 "훌훌 털고 돌아서"는 여유를 되찾은 상황이다. 과거의 아픈 기억을 털어내고 삶의 의지를 다잡는 행위가 언제나 초록빛을 잃지 않으며 꼿꼿한 바늘잎을 피우는 "청솔"로 형상화된 것이다. 파괴와 일그러짐 속에서도 생명의 끈을 놓지 않으려는 긍정적인 사유가 생명시나 생태시의 한 형태로 발현되고 있다.

사르륵, 사르륵 백지 위에 새기는 하루
쓰다가는 지우고, 틀리면 또 고쳐 쓰듯
흘러간 내 지난날도
다시 쓸 수 있을까

칼날이 와 닿아도 꿈쩍 않는 연필처럼
어떤 글도 순식간에 지우는 지우개처럼
꼿꼿한 바른 문장으로
되살릴 순 없을까

삐뚤고 빼뚤해도 하릴없는 내 것이라
지금껏 그래왔듯 그러안고 가야 할 날들

오늘도 요령껏 쓴다

'나'라는 서사시를

ㅡ「일기를 쓰며」 전문

절망감에 빠져있던 시적 자아가 다시 일어서 삶의 의
지를 다잡으며, 새로운 희망으로 나아가는 단계적인 인
생 여정은 그 자체가 하나의 서사다. 이처럼 송가영 시인
에게 있어 개별적인 작품들이 이루는 총체적인 삶의 층위
는 자기서사의 형태로 표출되고 있다. 시인이 쓴 작품이
직접적으로 자기 삶의 역정을 온전히 드러내고 있지 않다
하더라도 무의식적으로 표출하는 자기서사를 부정할 수
는 없다. 불확실성과 유동성이 자기서사의 특징적인 면이
긴 하지만 상징이나 은유를 통해 개인의 체험을 드러내는
것이 또한 시인이고 보면 그 전형에서 벗어나기란 쉽지
않다.「일기를 쓰며」는 이러한 자기서사의 양태가 아주 선
명하게 드러나 있는 시편이다. 일기는 그날그날 겪은 일
이나 생각, 느낌 따위를 적는 일상 기록이다. 자신의 일과
생각 따위를 기록하는 1인칭 서사문이기 때문에 가장 개
인적이면서 개별적일 수밖에 없다.

이 작품에서도 일기를 쓰는 행위를 통해 시인은 자신의
삶을 뒤돌아보는 화자로서 기능한다. 화자는 자신의 지나

온 삶에 대한 회한과 미련을 일기에 빗대 고치고 싶어 한다. 하지만 마음에 안 들면 지우거나 다시 고쳐 쓸 수 있는 일기에 비해 지나간 삶은 수정이나 가필이 불가능하다. 이러한 비타협성이 현실적인 갈등 요소로 작용하지만, 세월이라는 처방전의 효과가 나타나면서 지나온 삶보다 앞으로 진행될 삶에 방향성을 맞추게 된다. 지나간 시간은 되돌릴 수 없다는 깨달음이 미래 지향적인 의지로 탈바꿈하는 것이다. 그 초월적 의지는 결국 단편적인 소품이 아닌 큰 줄기로서의 "'나'라는 서사시"로 귀결된다. 그래도 삶은 계속된다는 철학적 달관이야말로 송가영 시학의 뼈대이자 구심점이라 할 수 있다.

2. 희망, 봄날에 대한 그리움

절망의 대척점에는 희망이 있다. 절망의 나락에 빠져들지 않으려면 희망의 끈을 붙들고 있어야 한다. 희망은 미래 지향, 긍정적 사유, 구원 등 삶에 대한 특정한 사고방식을 집약한다. 따라서 단어 자체로 보면 희망이란 말이 결코 좋은 의미만은 아니다. 희망을 떠올리는 것은 현실 자체가 그만큼 답답하거나 고통스럽다는 반증이다. 오히려 말 그대로 생각하면 절망이 더 희망적이다. 절망絕望은 바라는 것을 끊은 상태를 말함이고, 희망希望은 뭔가를 바라는 상태를 이른다. 바라는 것이 없는 삶은 안분지족安分知足과 무욕의 삶이다. 그러나 세속의 언어에서는 '자포자기'나 '무기력', 혹은 '불능'의 양태로 해석해 버린다. 그래서 사람들은 희망이란 말을 더 편애하는 것이다.

희망은 '바라는 것'이므로 어차피 현재에는 없다. 실천으로 얻은 것이 아니라 이미 도착한 마음의 상태이므로 미래의 비전이다. 현실을 변화시키는 것보다 '마음가짐'이나 '생각'을 바꾸는 것이 쉽기 때문에 사람들은 어둠 속에서 빛을 찾듯 희망을 이야기한다. 하지만 희망과 현실을 대립적으로만 생각하면 좌절감은 더 커지고 절망감은 더 깊어진다. 개인이 겪는 상처와 좌절은 객관적이지 않다. 그런 점에서 '어두운' 현실을 어느 정도 벗어난 상태라면 충분히 희망을 이야기할 수 있다. 고통을 드러내고 문제를 제기함으로써 힐링이라는 자기만족에 이르는 것은 행복추구권을 가진 인간의 본능이다. 원하는 것이 있을 때 인간은 무엇인가의 볼모가 되기에 희망은 욕망의 포로를 부드럽고 아름답게 조종하는 벗어나기 어려운 권력이라고 하지만 절망의 터널을 빠져나온 이에게는 그냥 궤변일 뿐이다. 송가영 시인이 추구하는 '봄'의 시학은 이러한 희망을 담보하고 있다.

청맹과니 눈동자에 가물대는 도심 빌딩
골목 안 새벽바람이 옷깃을 파고든다
박쥐도 둥지를 찾아 귀소하는 그 어름에

어제 하루 찍어놓은 발자국 뵈지 않고
드럼통에 지펴놓은 화톳불만 어지럽다
아득한 불면의 하늘, 별빛도 깨어있다

열자마자 닫혀버린 인력시장 바닥에서
떨이로 팔리지 못해 흐릿해진 눈동자들
구급차 사이렌 소리 여명 동살 수혈한다

구멍 난 삶의 투망 다시 깁는 사내 앞에
제 이름 못 불려도 습관처럼 아침은 오고
첫차가 막 떠난 자리, 봄이 성큼 다가선다
　　－「초꼬슴, 초꼬슴처럼」 전문

　이 시조집에서 유별나게 눈에 자주 띄는 시어가 있다.
그것은 '봄'이다. "잎 다 진/ 고목나무에/ 봄의 피가 다시"

돌고(「안부」), "한 살 회춘한 봄이/ 앞마당에 몸을" 풀고 (「봄, 뜨락」), "다시 뜬 쨍한 햇볕 봄을 다시 노래하고"(「새싹으로 오는 봄」), "해토머리 겨울 숲도 봄옷을 꺼내 들"고 (「무릇꽃 피다 - 결핵 이긴 폐에게」), "시린 혹한 딛고 서서 육질 더 좋"아지고(「전화기로 오는 봄」), "캄캄한 터널에도 아지랑이 봄은 온다"(「3월」)며 "그리운 포옹의 몸짓"(「행복이라는 꿈」)으로 이어가고 있다. 얼어붙었던 세상 만물이 녹으면서 서로 얼싸안고 부둥키는 화해의 계절이 봄이다. 영어로 봄을 뜻하는 Spring도 용수철처럼 희망과 기운이 불끈 솟는다는 의미일 것이다. 그 역시 도약과 비상에 대한 희망과 염원이 담겨있다. 한편으로 '봄'은 곧 '보다'라는 동사의 명사형이다. 즉, '보는 것', '보는 일'이다. 본다는 것은 현실에서의 실존, 희망의 실현을 의미한다. 따라서 송가영 시인이 무의식적으로 자주 사용하는 '봄'이라는 단어는 작중 화자의 바람이 집약된 희망의 상징이라 할 수 있다.

　위의 시 「초꼬슴, 초꼬슴처럼」도 이러한 '봄'의 이미지에 수렴하고 있다. 제목으로 쓰인 '초꼬슴'은 '어떤 일을 하는 데서 맨 처음'을 이르는 우리말이다. "산다는 것은 수많은 처음을 만들어가는 끊임없는 시작입니다"라는 고 신영복 교수의 「처음처럼」을 되새기게 한다. 수많은 처음을 만들어가는 삶의 여정에는 인생에 대한 사색과 외경, 꿈꿔왔던 여러 이상들이 담겨있기 마련이다. 시인의 삶도 그러하지 않았을까. 특히 세상 속으로 들어오고 난 이후에는 좌절과 희망, 슬픔과 기쁨, 분노와 희열이 뒤섞인 가운데서도 '초꼬슴'의 꿈만큼은 잃지 않으려 했을 것이다. 이러한 '초꼬슴'의 꿈과 초심을 이 작품은 노래하고 있다. 그런데 이 작품 속의 화자나 배경은 일견 시인과는 거리가 멀어 뵌다. 새벽 인력시장을 서성대는 일용직 노동자들의 이야기이기 때문이다. "열자마자 닫혀버린 인력시장 바닥에서/ 떨이로 팔리지 못해 흐릿해진 눈동자들"은 신산한 도시 노동자의 불안정한 삶을 대변한다. 그럼에도 "구멍 난 삶의 투망 다시 깁는" 사내는 "습관처럼" 오는 "아침"을 맞고 있다. 그 아침은 "성큼 다가서"는 봄에 기대어있다. 아무리 힘들어도 살다 보면 살아지는 것이 삶이라는 말처럼, 견디며 살다 보면 좋은 날이 올 거라는 메시아의 예언이자 믿음이다. '살아지는 것'은 '사라지는 것'과의 경계에 있다. 밤과 낮, 어둠과 밝음, 절망과 희망, 끝과 처음의 경계가 곧 '초꼬슴'이라는 의미다. 삶의 의지를 비장하게 다잡는 이 시조에서 시인이 전하고자 하는 바는 삶의 본질은 어디서나 매한가지라는 해묵은 진실에 대한 환기일 것이다.

밤 도운 들숨날숨 병원 창에 매달린다
형광등 뿌연 불빛 마지막 몸부림인 듯
때 절은 블라인드 위에 제 몸을 뒤척인다

사하라 모래밭을 휘도는 물줄기같이
폐경의 콘센트에 링거를 꽂아보지만
암전된 터널 속에는 풀싹 하나 볼 수 없다

마른 입술 축여가며 다시 앉은 재봉틀
바늘 끝에 맺히는 핏방울이 되우 붉다
손등에 파란 길 하나 도도록이 일어선다

어찔한 크레졸 냄새 동살이 털어내면
햇살의 바늘귀에 꿰어지는 신경세포
찢긴 생 박음질하듯 아침을 또 깁는다
　　　　　　　　　　　－「아침을 깁다」전문

　희망을 상징하는 단어 중 '봄'과 가장 잘 어울리는 말이
'아침'일 것이다. '봄'이 '화해'와 '어울림'의 이미지라면,
'아침'은 '시작'과 '혁신'이라는 이미지에 가깝다. 「아침

을 깁다」에는 희망을 이야기하되 새롭게 시작하는 '전환기'로서의 아침이 형상화되어 있다. 이 시의 화자는 병원에 누워있다. "밤 도운 들숨날숨"이나 "때 절은 블라인드", "폐경의 콘센트", "링거", "암전된 터널" 등의 시어들이 암울하고 고통스러운 현실을 잘 말해준다. "풀싹 하나 볼 수 없"는 암흑의 터널은 길기만 하다. 그럼에도 화자는 생의 의지를 다독이듯 "마른 입술 축여가며" "재봉틀" 앞에 다시 앉는다. 재봉틀은 화자의 숨은 이력을 보여주는 장치이자 "찢긴 생"을 "박음질하"는 희망의 도구이다. 또한 바늘에 찔려 "되우 붉"게 맺힌 핏방울은 생명의 상징이다. 거무죽죽한 죽은피가 아니라 생명력이 느껴지는 붉은 피라는 점은 "손등에 파란 길 하나 도도록이 일어서"게 만드는 활력으로 작용한다. '병원 냄새'로 통하는 "어찔한 크레졸 냄새"를 털어내고 온몸의 "신경세포"를 "바늘귀에 꿰"는 행위는 삶의 의지가 충만한 상태가 되었음을 말한다. 병마에서 벗어나 새로운 시작을 알리는 마지막 수 종장은 그래서 삶의 숭고함마저 느끼게 하는 절창으로 각인된다. 마음 귀에 울려오는 재봉틀 소리가 우렁찬 팡파르로 울려퍼지는 것이다.

　　너만 한 너른 품새 세상천지 또 있을까

먼 대륙 날고 날아 난바다도 건너갈 때
태산도 품 안에 드는 은유를 되새긴다

털리고 짓밟히고 쓸리기도 했을 게다
이 세상 누구에게도 친구가 되지 못해
바람에 말갛게 씻긴 꽁무니가 하얗다

바람에 몸을 맡긴 가벼운 너의 행보
새처럼 구름처럼 허공을 떠돌다가
양지 뜸 아늑한 땅에 부르튼 생을 넌다

그리하여 정화수에 묵은 앙금 갈앉히고
눈빛 맑은 옛 도공의 손길을 되짚으면
가슴에 불꽃을 묻은 큰 그릇이 되느니
　－「막사발을 읽다」전문

　누구나 꿈꾸는 희망의 결말은 해피엔딩이다. 「막사발
을 읽다」는 구도자의 몸짓으로 삶의 완성에 이르는 처연
한 생의 서사라 할 수 있다. 이 시조에는 "털리고 짓밟히고
쓸"린 자아의 고뇌와 "부르튼 생"이 먼지 알갱이로 형상화
되어 있다. 그 먼지 알갱이는 "먼 대륙 날고 날아 난바다도

건너가"며, "바람에 몸을 맡긴" 채 "새처럼 구름처럼 허공을 떠돌"아 다닌다. 그러다 양지바른 "아늑한 땅"에 안착해 "눈빛 맑은 옛 도공의 손길"을 만나는 순간, 먼지 알갱이는 더 이상 먼지나 흙의 존재가 아니다. "가슴에 불꽃을 묻은 큰 그릇"으로 완성되는 것이다. 보잘것없는 존재가 '막사발'로 전이되는 서사적 전개가 구도적 삶의 완성에 이르는 과정을 은유적으로 보여준다. '막사기'로도 불리는 '막사발'은 말 그대로 '막 쓰는 사발'을 말한다. 우리 선조들이 밥그릇, 국그릇, 막걸리 사발 등 생활 그릇으로 쓰던 것들이다. 주로 서민들이 쓰던 그릇이어서 투박하면서도 소박한 멋이 있다. 화려하고 세련된 멋은 적어도 서민의 삶과 생활의 애환이 고스란히 깃들어 있다. 이 때문에 세상에 이보다 "너른 품새"를 가진 그릇은 없다. 가히 "태산도 품 안에 드는 은유를 되새"길 만하다. 「막사발을 읽다」는 대상과 이미지의 결속을 통해 표현의 밀도를 높임으로써, 전통의 재해석이라는 시조 본연의 역할에도 충실하다. 그리하여 고진감래의 세월을 묵묵히 견디며 대기만성을 꿈꾸는 이 땅의 이름 없는 약자들에게 격려와 응원의 메시지로도 기능하고 있다.

3. 가족, 그 공동체적 이상향

"모든 행복한 가정은 서로 닮아있고, 불행한 가정은 제각각 나름의 이유로 불행하다." 세계문학사상 가장 유명한 도입부 중 하나로 꼽히는 톨스토이의 소설 『안나 카레니나』의 첫 문장이다. 금언처럼 간결하면서도 수수께끼처럼 아리송한 이 문장은 대체로 행복한 가정은 하나로 뭉치고, 불행한 가정은 분열하고 대립한다는 쪽으로 이해된다. 행복한 세상의 필요조건은 가족이며, 분열되지 않은 온전한 자아는 타인과, 또 세상과의 합일을 통해 이루어진다고 할 수 있다. 행복은 무아지경에 다다른 일체성의 상태를 지향할 뿐이다. 이상적인 그 경지를 어떻게 실현하고 지탱해 나갈지의 행동 강령이나 지침은 부차적 각론에 해당한다. 각론은 그때그때 바뀌어도 핵심 원리는 변치 않는 것이다. 이것이 가족을 향한 바람직한 지향점일 것이다.

송가영 시인의 시조에는 고통과 기억, 극복과 치유라는 체험적 상상력 너머 가족에 대한 애증의 그림자가 짙게 드리워져 있다. 자기서사의 연장선상에서 가족해체에 대한 회한과 남은 가족에 대한 사랑 등 애증의 가족사가 하나의 창작 동인動因으로 작용하고 있는 것이다. 만경평야로 대표되는 김제 들녘을 배경으로 유년기를 보낸 시인에게 부모는 돌아갈 수 없는 그리움의 고향이다. 반면 그의 피와 유전자를 물려받은 자식들은 홀로 쌓은 공든 탑이자 어느 하나 놓칠 수 없는 아픈 손가락이다. 이러한 가족사의 내밀한 정서가 그가 쓰는 시조의 힘이자 원동력이다. 송가영 시인의 창작 바탕에는 화해와 용서와 화합에 대한 꿈이 자리 잡고 있는데, 그의 시가 고통의 언어와 치유의 시학을 지향하고 있는 이유도 이 때문일 것이다.

시대사적 아픔과 고통을 극복하는 치료제로서 가족에 대한 깊은 애착과 그리움을 다양하게 변주하고 있는 몇 편의 시들을 살펴보자.

무상급식 아이들이 헤드라인 타는 저녁
홍동백서 주과포혜 차려놓은 제상 앞에
사진 속 아버지 말씀 귓전에 울려온다

드넓은 만경평야 금빛 물결 일어나면
올 굵은 목소리로 꾸짖듯 타이르듯
콩 한 쪽 보리쌀 한 톨도 좀도리로 나누라던

돌아보면 멀기만 한 세상의 뒤꼍에서

내가 사는 이 하루도 밥 한 술 무게일 뿐
허기진 도시의 텃밭 오늘 다시 밟는다

개수대 물소리가 은하수를 밝히는 밤
그 옛날 까치밥을 등불처럼 내다 걸 때
옹이 밴 낯익은 손이 조리질을 하고 있다
　　－「좀도리 밥상」전문

　족보 있는 집안에는 대물림하여 전하는 가훈이 있다.
그중 '9대 진사, 12대 만석꾼'으로 알려진 경주 최부잣집
의 육훈六訓은 특히 유명하다. "재산은 만 석 이상 모으지
말라, 사방 100리 안에 굶어 죽는 사람이 없게 하라, 흉년
에는 땅을 사지 말라, 과객을 후하게 대접하라" 등의 가르
침은 오늘날 노블레스 오블리주 개념과 같은 '타인을 배
려하는 나눔' 그 자체라 할 수 있다. 이것이 대대손손 만석
의 부를 누리면서도 이웃과 공존하며 근방 주민의 존경을
받아온 이유일 것이다. 경주 최부잣집 못지않은 나눔의
철학은 송가영 시인의 가계에서도 엿보인다. 작중 화자의
아버지는 제상 위 사진으로 남아서 여전히 "콩 한 쪽 보리
쌀 한 톨도 좀도리로 나누라"는 말씀을 전한다. 좀도리는
전라도 방언으로, 절미節米라고도 한다. 쌀독에서 쌀을 퍼

서 밥을 지을 때 한 술씩 덜어 조그만 단지나 항아리에 모아두는 것을 이르는 말이다. 십시일반의 정신으로 남을 도왔던 좀도리의 전통은 오늘날 어려운 이웃에게 온정을 전하는 나눔 운동으로 발전했다. "무상급식 아이들"이 뉴스의 "헤드라인"을 장식하고 있는 제삿날 저녁, 좀도리로 나눔을 실천했던 아버지의 말씀은 화자에게 "허기진 도시의 텃밭"을 일구게 한다. 이러한 좀도리의 나눔 미덕은 추운 겨울 먹을 것이 부족한 날짐승을 위해 남겨두던 '까치밥'으로까지 이어지며 인간과 자연의 공존의식으로 확장된다. 이웃 사랑의 본질은 생명 존중 사상이라는 철학적 깨달음을 전하기에 충분하다.

이러한 「좀도리 밥상」의 가르침은 「노블레스 오블리주」에 와서 시인의 자기성찰로 이어진다. 아버지의 가르침을 온전히 실천해 왔는가에 대한 겸허한 반성을 통해 "붉어진 얼굴/ 그늘 쪽에 숙이"는 장면은 상청하불탁上淸下不濁의 진리가 아직은 살아있음을 증거하고 있는 것이다.

아들아,
네 바늘을 함부로 쓰진 마라
그것은 편견에 찢긴 마음을 감쳐 매고
고통과 아픔에 막힌 가슴 혈을 뚫는 것

침통鍼筒을 열기 전엔 가만히 눈을 감고
심장의 고동 소리가 네 몸속 핏줄 따라
손끝에 전해져 오는 경건함에 귀를 대라

몸져누운 신경들이 하나둘 일어설 때
들어보렴,
흰 가운을 부여잡는 저 숨소리를
겨울을 딛고 일어선 봄꽃들의 환호성을

새벽 별밭 우러르며 한 땀 한 땀 세상을 뚫은
어미의 피맺힌 손이 꽃으로 받들었던
오롯한 그 바늘임을 잊지 마라,
내 화타야
　－「바늘심서心書 - 화타, 윤정에게」전문

　부모에게서 상생과 나눔, 생명 존중의 철학을 물려받은
시인은 다시 자식들에게 그러한 가르침을 전수하려 한다.
시대적 변화와 상황에 따라 그 가르침은 다양한 형태의
당부로 이어진다. 당부란 말로 전하는 부탁이다. 좋은 결
과를 얻는 것이 반드시 옳은 일은 아니듯 적재적소에 맞

게 '상식 밖'의 일은 하지 말라는 경계이기도 하다. '화타, 윤정에게'라는 부제가 붙은「바늘심서」는 한의사 아들에게 전하는 당부의 메시지이다. 흔히 '삼국지'로 불리는 나관중의 소설『삼국지연의』에도 등장하는 화타는 중국 한나라 말기의 의사로 명의를 상징하는 인물이다. 다산 정약용이『목민심서』를 지어 관리들의 행동 지침과 백성들에 대한 도리를 설명했듯, 시인은 '침술'에 쓰이는 바늘을 통해 아들에게 의사로서의 올곧은 마음가짐을 주문하고 있다. 시인 스스로 한복 바느질에 사용하던 바늘과 대비하며 용도는 달라도 그 속에 담긴 윤리적 본질은 같다는 것을 설파한다. 칼도 요리사가 쓰면 도구가 되지만, 미치광이가 쓰면 흉기가 되는 것처럼 바늘의 끝이 지향해야 할 목표를 서정적인 언술로 풀어놓고 있는 것이다.

한의사 아들에게 전하는 이러한 당부는 또 다른 자식과 손주들에게까지 두루 이어진다. "넘어지면 일어나는 게 세상사 아니더냐"(「겨울 오뚝이 - 현에게」)라며 건설업에 종사하는 아들 '현'을 격려하고, "인공지능 로봇 세상"을 "네 손으로 이루거라"(「태권브이의 후예 - 손주 겸에게」)라며 "어느새 우리 앞에/ 다가선 그 미래를" 손주에게 맡기기도 한다. 이러한 충고는 삶의 여러 난제들에 부닥쳤을 때 가고 싶은 길을 열어줄 이정표가 될 것임에 틀림없다. 시인이 내리사랑으로 전하는 당부의 메시지는 밝고 따뜻하다. 그러한 따뜻함은 여기서 언급하지 않은 딸 등의 주변 인물들을 자신의 관점으로 재해석해 품과 격을 드높이는 찬양의 미학으로도 이어진다. 그것은 후대를 지원하는 집안의 어른이자 수많은 인생 역정을 겪어온 선배로서 진심을 담아 전하는 삶의 진정성일 것이다.

깨물어 아프지 않은 손가락 있다던가
그래도 개중에는 더 아픈 하나가 있어
다시는 가질 수 없는 막내가 그러했다

옛 품 안 그 아들도 제 아들 품고 보니
촉촉하게 젖어드는 어미 마음 알겠는지
안갚음 말 없는 안부 눈빛으로 전한다

덥혀진 체온 따라 잘린 탯줄 이어지고
담석 수술 보약인 양 건네주는 젖산 우유
아들의 젖을 무는 듯 내 목젖이 뜨겁다
　 –「아들의 젖을 물다」전문

시인이 가족들을 대하는 눈빛에는 감사와 고마움이 함

께 깃들어 있다. 그 감사의 마음은 물질적인 보상이나 곁에서 시중을 들어주는 봉양에 대한 보답의 차원이 아니다. 같은 하늘 아래 살고 있다는 사실, 그 존재감만으로도 충분히 느꺼운 것이다. 이것은 시인의 마음 이전에 자신의 피와 살을 물려준 어머니의 마음이다. 그러한 바탕에는 시인이 자신의 아버지에게 "당신도 몸을 던져 일곱 남매 키우셨나요?"(「사부곡」)라며 되물었던 삶의 진실이 있다. 부모님의 내리사랑을 또다시 대물림하는 시인, 한없이 몸을 낮춘 시인의 눈에는 자식의 작은 배려마저도 고맙기 그지없다. 「아들의 젖을 물다」는 이런 마음의 결정판이다. "더 아픈" 손가락인 "막내"가 "건네주는 젖산 우유"에 그만 목이 메어버린 것이다. '막내'라는 존재는 나이가 들어도 보살피고 돌봐줘야 할 것 같은 '어린아이'의 이미지인데, 그런 막내가 담석 수술 후의 어머니를 오히려 보살피고 있다. 까마귀 새끼가 자라서 늙은 어미에게 먹이를 물어다 주듯, 어머니에게 "젖산 우유"를 건네주는 아들의 "안갚음"을 화자는 마치 "아들의 젖을 무는" 것 같다고 표현한 것이다. 어머니로서의 화자가 자식의 '안갚음'을 '안받음'하면서 느끼는 감회가 뭉클한 감동으로 다가온다. 송가영 시조미학의 근간을 이루는 한 축이 왜 '가족'인가를 미루어 짐작할 수 있게 하는 대목이다.

117

*

    아일랜드 시인 예이츠는 나이 오십에 들어서면서 비로소 일상에서 삶의 행복을 찾았다고 전해진다. 예이츠는 읽을 책 한 권, 맛있는 커피 한 잔, 열심히 사는 사람들의 거리 풍경, 그리고 그 속에서 오롯이 나를 마주함으로써 행복을 느낀다고 했다. 스스로의 마음이 여유로 충만해야 다른 사람을 진심으로 축복해 줄 수 있다는 의미이리라. 삶의 여러 굴곡을 겪어온 고통스러운 과거 앞에서 송가영 시인은 더 이상 눈물을 흘리지 않는다. 안으로 삭여온 세월의 무게만큼 스스로의 내면이 깊어지고 단단해진 결과다. 수많은 상처와 고통을 자신의 후대에는 전하지 않으려는 옹골찬 의기가 이 시집에는 가득하다. 그것은 "손 닿는 그 가까이 있을 줄은 알면서도/ 하늘 향한 헛손질만 거듭해 온 지난 나날"을 뒤로하고 "그리운 포옹의 몸짓"(「행복이라는 꿈」)으로 그려갈 역전의 미래를 위한 것이다. 송가영 시인이 구축해 온 자기서사의 은유가 오늘의 이 결실에 안주하지 않고 보다 더 높고 오뚝한 시조미학으로 나아갈 수 있기를 응원한다.

118

막사발을 읽다

—

초판 1쇄 2021년 6월 10일
지은이 송가영
펴낸이 김영재
펴낸곳 책만드는집

—

주소 서울 마포구 양화로3길 99, 4층 (04022)
전화 3142-1585·6
팩스 336-8908
전자우편 chaekjip@naver.com
출판등록 1994년 1월 13일 제10-927호
ⓒ 송가영, 2021

—

* 이 책의 판권은 저작권자와 책만드는집에 있습니다.
 이 책 내용의 전부 또는 일부를 재사용하려면 양측의 동의를 받아야 합니다.

—

ISBN 978-89-7944-762-0 (04810)
ISBN 978-89-7944-354-7 (세트)